Philosophe de formation, Christine Doyen a été professeur de morale. Depuis 2008, dans le cadre de son entreprise « Une fenêtre ouverte sur la Vie... », elle organise des ateliers individuels de développement personnel et des ateliers collectifs d'écriture.

# Ellipses ci et là

Christine Doyen

# Ellipses ci et là

© 2019 Christine Doyen/Christine Doyen

Edition : BoD - Books on Demand
12/14 rond-point des Champs Elysées
75008 Paris
Imprimé par BoD – Books on Demand, Norderstedt
ISBN : 978-2-3222-4164-4
Dépôt légal : Septembre 2020

Toute ma gratitude, enjouée et créative, à ceux qui ont partagé le plaisir d'écrire lors de mes ateliers d'écriture.

Ellipse littéraire :

*Procédé qui accélère la narration en omettant des éléments logiquement nécessaires à l'intelligence du texte.*

# Retrouvailles

Vaille que vaille,
trouver le « re »
qui vaille la peine
d'une redondance
qui ne soit jamais
une redite

# Relire

Ne sachant
pas exactement
ce qui s'est passé
puis-je passer
à autre chose ?

# Chemin de vie

De mes nœuds
j'ai fait
des méandres
et
le paysage
s'est éclairci

# Carte postale

Au fil de la vie
des pistes
À contre – courant
le goût de la quête

# Hiver

Au cœur de l'hiver,
la lumière
ne se contente pas
de l'évidence
au prisme
du diamant
que disent
les cristaux de neige ?

# Boussole

D'une étoile
l'enfant
fait
un cerf – volant
qui ne perd pas le nord

# Neige

À la lettre près,
neige et génie
ne font qu'un

Un cow-boy
dans la neige
devient – il
un trappeur ?

# Regards

Que voit l'œil
qui regarde au - delà
de ce qu'il voit ?
Que voit – il
s'il se ferme
pour mieux voir ?

# L'éphémère

L'éphémère est tenace
ligne brisée continue
cassures ténues
réapparaîtres cataclysmiques
craquelures du temps
ravages de l'espace
éboulements constants
d'émergences

# De feu et d'eau

Le rouge ardent
Le bleu chauffé à blanc
Les noces tiennent
leurs promesses
De l'incandescence
échappe la turquoise

# La pomme d'Ève

Désinvolte je jette par-dessus mon épaule le trognon de pomme tantôt dégustée. Et le pépin prend racine qui donne le fruit qui prend racine qui donne le fruit qui prend racine qui donne le fruit qui.... Machiavélisme arachnéen de la toile.

Quelle mouche (de pomme) m'a piquée de venir m'y entortiller ? L'infini chant des saisons spirale ses mélodies et je me demande : « Y a-t-il une sortie ? »

## Le silence des canaux

Sur la berge, larguer les amarres des soucis tenaces.
Monter à bord.
Ouvrir les écluses du cœur.
Glisser sur le canal du silence.
Voguer.
Les Nouveaux Mondes s'inventent à la proue.

# Fin

À la toute fin de la nuit.
Quand les anges remettent leur veste et quittent mes songes.
J'aime à me perdre encore un peu dans le brouillard de laine grise de mes paupières closes.
Ni homme ni femme, androgyne attentive.
Funambule avertie j'attends qu'une circonvolution boréale m'amène doucement sur le rivage terrestre du jour qui vient et me reconnaîtra.

# Ego

Aussi précautionneux que tu sois, je t'entends venir avec tes gros sabots feutrés.
Cette hyper acuité auditive je te la dois.
Moi non plus je ne te lâche pas d'une oreille.
Cher Ego, cher mal inévitable ; sache que désormais j'entends même ton silence !

# Résidents

Quand le temps guette
Que sonnent les trompettes
Du jugement à perpète
Il faut prendre la poudre d'escampette
De la liberté enfourcher l'escarpolette
Ne s'interdire aucune galipette
Et tant pis si la sonnette aigrelette
rappelle à l'ordre de la maison de retraite
Quand viendra l'heure de l'ultime défaite
Bien alignés dans leur chambrette
Les résidents désobéissants partiront en goguette !

## Les amoureux

Puisque
nous ne pouvons pas
décrocher
la lune

Gageons
qu'elle viendra
sourire
à notre lucarne !

## Juste quelqu'un de bien

Assis sous son abat-jour préféré, il ne lutte
pas avec le jour qui va sa nuit.
L'obscurité venue, ce rond de lumière suffit à
auréoler son âme paisible.
Quitte-t-il son coin favori, fût-ce pour un
court moment ?
Que cet ami gentil, doux, discret, et
silencieux nous manque déjà cruellement.

# Rencontre

Les rencontres sans bouche
implorent des yeux
qu'au-delà des mots
se dise
quelque chose
de neuf
à propos de Soi.

# Sans mot dire

L'indicible
délie la langue
du
silence.

# Leçon de Vie

Que le bouchon saute et la bulle de champagne jamais ne rebrousse chemin.

Légère et joyeuse elle monte droit vers sa disparition.

## Échange

J'offre à la Vie l'arc-en-ciel de mes tricheries.

Et la Vie m'offre la transparence de sa Paix.

# Sillon

« Bonne et heureuse nouvelle année ! «

Quoi ?!

Une ride de plus ?

Va pour un petit sillon tout neuf !

Qui ira ses profondeurs, ses moissons et ses moussons !

## La quintessence

Privée de tout, elle n'est avide de rien.
Sensible à la caresse du vent, elle déambule la plupart du temps.
Elle calligraphie des itinéraires fluides et complexes, des circonvolutions silencieuses et énigmatiques.
Curieusement sa présence qui jamais ne s'impose devient essentielle.

# Le fou

Le fou glisse sur les pentes de son rêve de sable.
Il slalome les courbes féminines de sa quête insensée.
Il danse son désir et s'enivre de l'euphorie de ses étourdissements.
Fourbu, il plante son bâton.
Le vent méchant brouille les pistes.
Le fou sait que son désert mangera ses pas.

# Rêve

Le rêve nocturne roule ses vagues
Flux et reflux d'un chant ancien
Fumée de pierre dessine des spectres
éphémères
Aux portes des soupirs
le corps accepte l'ordre secret qui va ses
festins.

# Vieillesse consentie

Sur les chemins rieurs de sa peau ravinée,
celle qui n'en finit pas de mourir
a dans son sac à malices
bien plus qu'un tour de rein.
Quintessence de ce qui se fane sans atours et sans peur
dans la caverne hilare de sa bouche édentée,
elle laisse fondre la vieillesse.

## Réciprocité

Croire qu'il faille aiguiser notre vision
pour apercevoir le bonheur
c'est ne pas savoir
que le bonheur nous regarde dans les yeux.

# Cabaret

Au cabaret des avidités, est un joueur de saxo.
Humble et talentueux
il ondule des chemins
qui mine de rien
nous emmènent au-delà du décor.
Que ceux qui ont des oreilles entendent !

# Inclinaison

Inexorablement, les dos usés s'inclinent
parfois même ils se bloquent.
Par chance
il arrive que cette révérence forcée impose au
regard du vieillard d'être à la hauteur
du regard des petits enfants.

# Sagesse non ordinaire

Un jour de désobéissance impérative
j'ai scié la branche sur laquelle
j'étais assise.
Passée la chute inévitable
tête en bas et pieds en l'air
sur la paume
de mes mains ébahies
tous les chemins se sont ouverts.

# Instant d'éternité

Il est plus que temps
d'arrêter de se dire qu'il sera toujours temps !
Donner du temps au temps
c'est bien, mais arrive le temps
où il faut bien prendre le temps de faire le point.
Le temps de me retourner
le temps n'est plus là.
Le temps d'en sourire,
l'éternité m'est acquise.

# De l'autre côté

À l'aide
du rasoir tranchant de ma détermination,
je voulais faire table rase.
Revenir à la virginité lisse de l'autel.
Démanteler pierre par pierre
le tertre de mes attachements.
Je posai donc la main sur le premier caillou.
Instantanément
je me retrouvai en un lieu vide et intime,
comblée.

# Foi

J'ose pas
J'ose pas
J'ose pas
Quoi ?
La foi !

## Dans tes bras

Nous flirtons avec l'ombre
Nos mains sont nyctalopes
Nos pieds foulent des secrets pardonnés
Nos désirs sont clair-obscur
Nos jalousies s'éclipsent
Même la lumière
ne peut nous faire de l'ombre.

# Rires nus

Une strip-teaseuse subversive
invite les spectateurs
à s'effeuiller de concert avec elle.
Quand tous furent dévêtus,
cette nudité impromptue suscita
un irrépressible fou rire
d'innocence collective.

# Érable

Là où la chute a choisi d'ensevelir ta graine,
tu explores le chemin de tes racines
tu grandis droit vers le ciel
Ta sève est ton voyage
Ton cœur s'arrondit d'anneaux concentriques
Érable vénérable
S'il est besoin d'un maître,
je t'honore et te choisis.

# La nuit

Toi la proche, la lente, la tenace.
L'ombreuse fidèle au rendez-vous.
Tu avances à pas de loup jusqu'à mon intimité
frileuse et affolée.
S'il te plaît, apprivoise ma peur.
Dis-moi que dans tes bras de lune
je suis la bienvenue.
Jure-moi que dans les plis de ton vaste
manteau
aucune blague de mauvais goût
ne se cache et qui m'anéantirait.

# La mère

Heureuse
celle qui a souhaité l'être.

Son ventre délivré
sera plein d'un don de soi
qui coule de Source.

# La vierge

Un rien pâme son âme qui soupire.
L'inassouvi ourle de rosée ses lèvres
entrouvertes.
Son cœur fougueux se jette dans demain.
Sage, elle s'étiole.
Folle, elle se brûle les ailes.

# La sorcière

L'œil de son ventre est calme et ouvert.
Fluide est la moelle de ses os craquants.
Point besoin de balais pour voyager.
D'une caresse à son chat,
la sorcière sème à la volée
des vœux secrets et par-donnés.
Mais personne ne le sait.

# L'enchanteresse

Au bord des chemins, la jouisseuse habite le vent.
Elle a le courage de l'éphémère.
D'une cabriole-poudre aux yeux,
elle virevolte des baisers perlimpinpin.
Bandit des grands chemins
d'elle tu recevras
tout ou rien.

# Espièglerie d'avant l'hiver

Au diable le rouge-colère, le blême-terreur, le noir-vengeur qui me brouillent le teint !
Je cherche un crime qui m'irait comme un gant.
D'un ton qui raffermirait le galbe incertain de mes joues vieillissantes.
Un « roux-noisette-fin-d'été-début-d'automne » par exemple.
Queue en panache renard es-tu là ?

# Renaître

Les naissances barbouillées
des blessures du cœur
augurent
le sang neuf de la joie.

# Port d'attache

L'enfant sourd fuit les mains frénétiques et les bouches grandes ouvertes.
Il pose son ventre sur la terre.
Il enlace son arbre favori.
Quand sur le seuil sa maman arbore son sourire-sémaphore,
il s'en revient au port d'attache.

# Limbes

Moment d'absence, étrange cadeau.
Des sirènes bavardes et murmurantes
enchantent les mondes.
Ensorcelé, il rêve léger.
Et les îles et les jours sans fin s'estompent.
Un soupir le ramène au rivage de la page
blanche.
Finalement satisfait de ce rien du tout qui ne
s'est pas écrit.
Qui irait s'encombrer d'édits quand le non-dit
a pour lui l'infini ?

# Le fou et le sage

La volonté entravée se cabre.
La panique menotte plus serré.
Fou ou sage
seul le prisonnier
connaît le passage secret.

## La guérisseuse

Debout sur le triangle sacré,
la guérisseuse ouvre les rivières.
Fidèle passeur, l'Esprit gonfle les ailes
des voiles qui se lèvent.
Le bâton-pèlerin
fouille sans pitié la vase des cauchemars
communs.
Dans le sillage éphémère
se profile la guérison.

# Aimer

Je t'aime tellement

que tu t'aimes

tout autant

# Mariage

Fiers et heureux
Monsieur « Il faudrait... »
et
Madame « oui, mais... »
fêtent leurs noces de diamant.
Pour toujours, comme au premier jour,
rien n'a changé en 60 années de mariage ! !
Vive les mariés ? ?

## Ce qui ajoute

Dans l'encre bleu outremer,
elle trempe son pinceau.
Sur un galet du rivage,
elle dessine la spirale d'un coquillage.

Comme s'il fallait
par surcroît
honorer ce qui est.

## Séparation

En équilibre sur les vagues renouvelées des marées amoureuses,
le désir s'amenuise jusqu'à mourir sur le rivage.

Puisse le cœur,
dans l'écume légère,
vivre la séparation en exquise douceur.

## Compteur à zéro

Le fol amour
Délie
Accroche des lucioles aux chemins des nuits
Souffle des baisers-pissenlits
Ensemence les champs où vagabonder
Dessine l'imprévisible
Invente des mondes
Joue à se perdre
Trésaille aux retrouvailles
Batifole des folies inédites...
Le fol amour
Efface l'ardoise et recommence à zéro.

# Libre folie

Hors les murs des millésimes frelatés
n'en pas laisser une goutte.
Hors les murs des asiles aliénés
n'en pas laisser une goutte.
Boire
le résiduel, le caillé, la levure perpétuelle, la patiente sédimentation, le fond du creuset, le fruit du fruit,
le suc du noyau.
Hors les murs
boire la libre folie jusqu'à la lie.

# Permanence

Du ciel
tombe un oiseau foudroyé.
La palpitation de son cœur n'aère plus
le duvet de ses plumes.
Du coup
c'est le mien qui se gonfle
de tendresse et de tristesse mêlées.
« Trop tard »
me restitue la présence éternelle
de l'infinie trajectoire.

# Reflets

Pierre de lune
aux doux reflets insensés
tu roules à l'aveuglette
dans la main diaphane
d'un cœur à la cherche son âme.

# L'attention

Parce que je baisse les yeux,
je ne vois que ta bouche.
Parce que je choisis la modestie,
mes cils ombrent tes lèvres.
Parce que je suis intensité
ton sourire léger est horizon.
Parce que je te reconnais,
l'infime frémissement suffit à te dire tout entier.
Parce que
le désir est suspendu à l'orée de lui-même.

# Création perpétuelle

Les mots se taisent essoufflés.
Ils traînent la patte sur les sentiers mille fois empruntés.
À l'horizon s'espère un rêve nouveau.
Sur les pas des anciens
l'échappée belle foule un chemin usé jusqu'à l'os.
Allons courage.
Les mots jamais n'en finissent de se dire.

# Oser

Sur l'eau,
dessiner un tremplin.
Sauter.
Laisser l'onde ridée
oser l'infini.

# Les mots

Prendre une idée
au vol commun.
Du bout de la plume
pousser la porte.
Devant le chevalet,
dessiner.
Repartir
sur la pointe des pieds.
Plus tard,
y revenir.
Trouver les mots pour le dire

## La spéciale

Toutes ont été dévorées.
Seule la spéciale a osé se présenter de son plein gré.
Nue.
Une larme sincère déposée dans l'écrin frémissant de son nombril.
Elle a vu l'ombre menaçante se courber.
De ses crocs apprivoisés s'abreuver.
L'ogre éberlué lui offre son premier sourire.

# Flamme

Le soleil souligne son œil d'une envolée
d'eye-liner aux allures de biche attentive.
Danse
le jaune tout de rouge vêtu.
Samba endiablée laissant peu de place à
l'ombre.
Danse
jusqu'au bleu des illusions.
Danse
la soif !

# Sonate pour violoncelle seul

Debout et nue
sur fond de nuit,
ses courbes asiatiques
cisèlent l'ombre de reflets nacrés.
Souple comme un archet,
la main calligraphie un trait unique et parfait
qui enlève le peigne incrusté.
La chevelure croule jusqu'aux hanches.
Il s'étonna que ce fût si facile.

# Offrande

Enfrimoussée de nuit,
une femme va à pas menus.
Sur la fluidité du fleuve,
son front serein se penche jusqu'à
s'agenouiller.
Les bras tendus,
elle ouvre la conque de ses mains jointes.
Au fil de l'eau,
pluie de pétales.
Ainsi chaque jour naissant est-il honoré.

# Danse

Elle entre dans un bar,
ferme les yeux
et danse, danse, danse.
Corps docile en accord.
Tête qui se vide.
Puis,
sort de là tout simplement.

Jamais ne saura ce que sa danse a dessiné
dans les yeux de celui-là qui était là sans trop
savoir pourquoi.

# Offrande de la maturité

Éclats d'or, pourpre lie de vin, vert profond,
brun craquant, rouge cru.
Bas sur l'horizon, le miroir mâtiné d'un soleil
fatigué.
Le vent enlace, ploie, renverse, redresse,
secoue, insiste.
Tant et si bien, tant et si fort, que s'en vient le
dénuement complet.
D'ici à ce que l'hiver tisse son plus beau
manteau d'hermine,
qui m'aimera jusqu'à l'os ?

# Elle

Descendre.
Vers son ventre, incliner la tête,
oser du regard forer le puits profond.
Tourbillon.
Ombres et fuites.
Peur et courage.
Descendre.
Lente et confiante, se donner toute.
Être son double qui livre le secret.

# Lui

Lui, monte, fragile et résistant.
Plante les crampons de ses vouloirs dans la roche ancienne.
Se blesse aux marches d'azur tranchantes.
Têtus vont ses gestes précis,
le sommet sans cesse reporté.
La quête s'arrime, solide.
La fatigue hisse le corps fatigué.
La tête se vide.
Le commencement n'a plus de fin.

# Elle et lui

Elle, apparaît.
Lui, convoite.
Elle est de ce monde.
Lui veut le changer.
Sa coupe déborde.
Il cherche le Graal.
Docile, elle découvre.
Il veut comprendre.
Gracieuse sur le chemin, elle.
Tenace dans la montée, lui.
Dans les bras l'un de l'autre, elle s'abandonne, lui conquiert.
Ils ne sont pas dupes, ils s'entendent à merveille.

# Éloge du vide

Oh ! Vide !
Mince alors voilà la lettre o qui déjà encercle le vide.
Éloge avorté ?
Fausse couche du vouloir dire ?
Le vide meurt-il dans l'oeuf ?
Me voilà toute vide...
Silence
Un doigt sur la bouche, le vide ne se dit pas.
Les yeux fermés, le vide ne se voit pas.
Les mains ouvertes, le vide ne s'attrape pas.
Silence
Mais...qui est là ?
Le Vide ?

# Re-naissance

Quand vibre ma lame,
c'est par souci de précision.
Il n'y a en moi
aucune hésitation.
Fil du rasoir ou chas de l'aiguille,
tôt ou tard,
nul n'échappe
à naître deux fois.

# Alchimie du choix

Au creuset
du cœur incandescent
Effervescence
des sels de la peur
Efflorescence
de la foi
Particules fines
de l'or du choix.

# Pierre ponce

La lune nostalgique
retient la marée.
La vague s'en est allée
qui abandonne sur le rivage
des bijoux énigmatiques.
Pierres ou coquillages
c'est la nacre qui te dira.
Éjectée du centre en fusion de la terre
la pierre ponce alvéole sa légèreté
au gré des remous argentés.
Patiente et tenace, elle lisse les callosités.
Les pieds de l'entêté deviennent des galets.

## Table des matières

Retrouvailles .................................. 13

Relire .............................................. 14

Chemin de vie ............................... 15

Carte postale ................................. 16

Hiver ............................................... 17

Boussole ......................................... 18

Neige ............................................... 19

Regards ........................................... 20

L'éphémère .................................... 21

De feu et d'eau .............................. 22

La pomme d'Ève ............................ 23

Le silence des canaux .................. 24

Fin .................................................... 25

Ego ................................................... 26

Résidents ........................................ 27

Les amoureux ................................ 28

Juste quelqu'un de bien ............... 29

Rencontre ....................................... 30

Sans mot dire ................................. 31

Leçon de Vie .................................. 32

Échange .................................................. 33

Sillon .................................................... 34

La quintessence ..................................... 35

Le fou ................................................... 36

Rêve ..................................................... 37

Vieillesse consentie ............................... 38

Réciprocité............................................ 39

Cabaret.................................................. 40

Inclinaison ............................................ 41

Sagesse non ordinaire............................ 42

Instant d'éternité .................................... 43

De l'autre côté....................................... 44

Foi......................................................... 45

Dans tes bras......................................... 46

Rires nus ............................................... 47

Érable.................................................... 48

La nuit .................................................. 49

La mère ................................................ 50

La vierge ............................................... 51

La sorcière ............................................ 52

L'enchanteresse..................................... 53

| | |
|---|---|
| Espièglerie d'avant l'hiver | 54 |
| Renaître | 55 |
| Port d'attache | 56 |
| Limbes | 57 |
| Le fou et le sage | 58 |
| La guérisseuse | 59 |
| Aimer | 60 |
| Mariage | 61 |
| Ce qui ajoute | 62 |
| Séparation | 63 |
| Compteur à zéro | 64 |
| Libre folie | 65 |
| Permanence | 66 |
| Reflets | 67 |
| L'attention | 68 |
| Création perpétuelle | 69 |
| Oser | 70 |
| Les mots | 71 |
| La spéciale | 72 |
| Flamme | 73 |
| Sonate pour violoncelle seul | 74 |

Offrande .......................................................... 75

Danse ............................................................. 76

Offrande de la maturité ................................. 77

Elle ................................................................. 78

Lui ................................................................. 79

Elle et lui ...................................................... 80

Éloge du vide ................................................ 81

Re-naissance ................................................. 82

Alchimie du choix ........................................ 83

Pierre ponce .................................................. 84

« Une fenêtre ouverte sur la Vie... »

Déjà parus :

*Contes de la femme intérieure*
éd. Entre-vues & Cedil 1998

*D'amours...*
éd. Une fenêtre ouverte sur la Vie... 2008

*Il était une fois le désert*
éd. Une fenêtre ouverte sur la Vie... 2009

*Rouge,*
éd. Une fenêtre ouverte sur la Vie... 2013

*Petits textes qui tiennent la route, ou pas...*
éd. BoD 2020

*Journal intime d'un confinement et poétique d'un confinement contraire aux usages*
éd. BoD 2020

*Écrire c'est...*
éd. BoD 2020

*Éclats de vies...*
éd. BoD 2020

*S'il te plaît, raconte-moi une histoire...*
éd. BoD 2020

Dans le cadre de :
« Une fenêtre ouverte sur la Vie... »
Christine Doyen organise
Des ateliers individuels de développement personnel.

Contact : 04 366 09 55

Des ateliers collectifs d'écriture.

Contact : 0472 74 86 73
christine-doyen@hotmail.fr

*Photo de couverture, Morgane Pire*